# L'Avare

FichesdeLecture.com

# *L'Avare*
# (Fiche de lecture)

## I. INTRODUCTION

*L'Avare ou l'École du mensonge* est une comédie écrite par Molière (Jean-Baptiste Poquelin, 1622-1673). Composée de cinq actes en prose, elle est représentée pour la première fois au Théâtre du Palais-Royal le 9 septembre 1668 et publiée à Paris en 1669 chez Jean Ribou. Molière s'est beaucoup inspiré de Plaute et de sa pièce *La Marmite (l'Aulularia)*.

Malgré l'immense notoriété de cette pièce, il est important de rappeler que son succès n'a eu lieu qu'à titre posthume.

## II. RÉSUMÉ DE LA PIÈCE

### Acte I

**(Scène 1)** Valère est un gentilhomme napolitain. Il travaille comme intendant d'Harpagon, dont il aime la fille Élise. Tous deux deviennent amants, mais la jeune femme craint la réaction de son père. Elle conseille à Valère d'essayer de se faire un allié en la personne de Cléante, le frère d'Élise. Valère lui donne le même conseil.

**(Scène 2)** De son côté, Cléante, le fils d'Harpagon, aime Mariane, qui est une jeune fille pauvre. Cléante souhaiterait lui venir en aide, mais en est empêché par l'avarice de son père. Il prend la résolution de quitter la maison paternelle advenant la désapprobation d'Harpagon de son amour. Élise est bien résolue de l'imiter. Elle exprime à Cléante ses regrets suite au décès de leur mère

**(Scène 3)** Harpagon est en colère contre La Flèche, qu'il fouille pour s'assurer qu'il ne lui a rien volé.

**(Scène 4)** Harpagon se croyant seul, exprime tout haut ses doutes d'avoir bien fait d'enterrer dans son jardin, dix mille écus que quelqu'un lui devait et lui a rendus. Il se tait en voyant arriver Élise et Cléante. Harpagon leur parle ensuite de mariage. Il souhaite épouser Mariane, ce qui désespère Cléante. Harpagon ajoute qu'il a trouvé une épouse pour Cléante, une veuve. De plus, il destine à Élise un homme mûr, prudent et sage : le seigneur Anselme, d'autant qu'il est prêt à l'épouser sans dot. Devant le refus catégorique d'Élise d'épouser cet homme, Harpagon lui ordonne de l'épouser le soir même. Élise menace de se tuer. Voyant entrer Valère, Harpagon décide de lui demander son avis.

**(Scène 5)** Valère affirme que la satisfaction de sa fille doit passer avant l'argent, mais ne convainc pas Harpagon qui sort, croyant entendre des voleurs. Valère en profite pour discuter avec Élise et lui conseille de faire semblant d'accepter ce mariage, mais, il faut demander un délai afin de pouvoir inventer une façon de s'en sortir. Il conseille à Élise de feindre la maladie. Voyant revenir Harpagon, il déclare qu'une fille doit toujours obéir à son père et lorsqu'un mari ne veut pas de dot, il faut en profiter pour l'épouser malgré son âge et ses défauts. Harpagon est ravi d'entendre ça et demande à Valère de surveiller Élise jusqu'au mariage.

## Acte II

**(Scène 1)** Cléante a besoin d'argent et fait appel à la Flèche pour lui trouver un usurier. Les conditions sont exorbitantes. Il finit par accepter de rencontrer l'usurier.

**(Scène 2)** Lorsque la rencontre a lieu, il s'aperçoit qu'il s'agit de son propre père, ce qui provoque une dispute violente.

**(Scène 3)** Une entremetteuse du nom de Frosine sollicite un entretien à Harpagon. Il lui répond qu'il n'a pas le temps pour l'instant car il doit aller vérifier son argent.

**(Scène 4)** Frosine déclare à la Flèche connaître l'art de traire les hommes. La Flèche la met au défi d'attendrir le cœur d'Harpagon.

**(Scène 5)** Frosine ne parvient pas à obtenir quelque chose d'Harpagon.

## Acte III

**(Scène 1)** Harpagon reçoit en dîner Anselme et Mariane, mais donne des directives à tout le monde pour limiter au maximum les dépenses. Valère fait semblant d'acquiescer. Maître Jacques, en revanche rapporte les bruits qui courent sur l'avarice de son maître.

**(Scène 2)** Valère le frappe à coups de bâton.

**(Scène 3)** Frosine, accompagnée de Mariane, demande à voir Harpagon.

**(Scène 4)** Mariane est triste de devoir se marier avec un vieil homme. Frosine lui assure qu'il vaut mieux épouser un homme mûr, d'autant qu'elle se retrouvera sans doute veuve dans quelques mois et pourra épouser l'homme de son choix. Mariane est choquée par ces calculs.

**(Scène 5)** Harpagon est étonné de la froideur de Mariane.

**(Scène 6)** Harpagon présente ensuite son fils à Mariane qui reconnaît aussitôt le jeune homme blond de ses rêves.

**(Scène 7)** En voyant Mariane, Cléante ne peut s'empêcher de lui déclarer son amour et d'exprimer ses regrets qu'elle puisse devenir un jour sa belle-mère. Mariane lui exprime elle aussi son amour et lui déclare qu'elle est forcée d'épouser Harpagon, mais si elle avait le choix, c'est lui qu'elle choisirait.

**(Scène 8)** Brindavoine informe Harpagon qu'un homme désire le voir pour lui remettre de l'argent. Harpagon s'excuse auprès de Mariane et promet de revenir bientôt.

**(Scène 9)** Harpagon demande à Valère de surveiller Cléante et de sauver le plus de nourriture possible. Il reproche à son fils de vouloir le ruiner.

## Acte IV

**(Scène 1)** Élise, Mariane, Frosine et Cléante sont seuls et en profitent pour parler librement. Frosine leur reproche de ne pas lui avoir dit la vérité plus tôt, ce qui aurait empêché les choses d'aller trop loin. Ils débattent ensemble afin de trouver un moyen d'arranger les choses. Frosine propose de détourner l'attention d'Harpagon de Mariane, en lui présentant une femme d'âge mûr qui pourrait jouer le rôle d'une dame de qualité, riche de cent mille écus d'argent, éperdument amoureuse et désirant épouser Harpagon en lui donnant tout ce qu'elle possède. Cléante demande à Mariane d'essayer de convaincre sa mère de les laisser se marier. Mariane promet de s'y employer.

**(Scène 2)** Harpagon soupçonne qu'il se passe quelque chose entre Mariane et Cléante. Le carrosse étant enfin prêt, les femmes peuvent partir. Cléante veut les accompagner, mais Harpagon s'y oppose et lui demande de rester car il a besoin de lui.

**(Scène 3)** Harpagon, par la ruse, réussit à faire avouer à Cléante qu'il aime Mariane. Il menace de le frapper.

**(Scène 4)** Maître Jacques joue le rôle de conciliateur entre Harpagon et Cléante, ce qui ne fait qu'aggraver la situation entre le père et son fils.

**(Scène 5)** Harpagon se met à insulter Cléante et menace de le déshériter, en vain.

**(Scène 6)** La Flèche sort du jardin avec une cassette. Il demande à Cléante de le suivre et lui montre le trésor d'Harpagon qu'il a déterré dans le jardin. Entendant Harpagon crier, les deux hommes s'enfuient.

**(Scène 7)** Dans le jardin, Harpagon est au désespoir. Il implore qu'on lui rende son argent. Son esprit est troublé, il ignore où il est et ce qu'il fait. Il pleure sur son pauvre argent et déclare que sa vie est finie, tout en soupçonnant l'ensemble de la maisonnée, qu'il veut faire pendre, ainsi que lui-même si on ne retrouve pas son argent.

## Acte V

**(Scène 1)** Une enquête est ouverte et Harpagon veut faire arrêter tout le monde. Le commissaire préfère attendre plus de preuves.

**(Scène 2)** Maître Jacques entre dans la pièce. Harpagon l'accuse d'être le voleur, mais le commissaire voit à sa mine que c'est un honnête homme. Maître Jacques, voyant dans ce vol l'occasion de se venger de Valère, déclare avoir vu celui-ci roder dans le jardin et transporter une cassette de même couleur que celle qui a été dérobée. Harpagon est alors certain de détenir son voleur. Maître Jacques demande à Harpagon de ne pas révéler d'où vient le témoignage incriminant.

**(Scène 3)** En voyant Valère s'approcher de lui, Harpagon lui demande de confesser son crime. Valère, croyant qu'Harpagon parle de son amour pour Élise, confesse aimer celle-ci et vouloir l'épouser. Harpagon apprend que sa fille a signé à Valère une promesse de mariage.

**(Scène 4)** Harpagon est furieux contre sa fille et la traite de scélérate et de fille indigne. Il menace Valère de la potence. Élise tombe à genoux et supplie son père de ne pas user de violence envers Valère. Harpagon ne veut rien entendre. Maître Jacques savoure sa vengeance.

**(Scène 5)** Harpagon se plaint au seigneur Anselme d'être entouré de traîtres. Il lui demande de prendre parti contre Valère et de le poursuivre en justice. Anselme rétorque qu'il ne veut pas épouser Élise contre sa volonté. Harpagon demande alors au commissaire de se saisir de Valère. Celui-ci, pour se défendre, révèle alors ses véritables origines. Il est en fait de naissance aristocratique, et raconte l'histoire tourmentée de sa jeunesse. Mariane le reconnaît comme son frère et Anselme son fils. Cléante obtient la main de Mariane auprès d'Harpagon, en échange de la cassette. Élise de son côté peut épouser Valère.

# III. PRÉSENTATION DES PERSONNAGES PRINCIPAUX

## Harpagon

Père de Cléante et d'Élise, et amoureux de Marianne. Harpagon est un homme rongé par l'avarice. Il est prêt à tout pour économiser quelques sous et va même jusqu'à arranger un mariage pour sa fille avec un homme beaucoup plus vieux qu'elle dans le but d'économiser la dot. Harpagon aime l'argent et lorsqu'il se fait voler sa cassette contenant dix mille livres, il en tombe presque malade de désespoir. C'est un personnage ridicule et odieux.

## Cléante

Fils d'Harpagon, amant de Mariane. Jeune homme très malheureux de l'avarice de son père qui l'oblige à constamment emprunter pour ses dépenses personnelles. Il songe à quitter la maison paternelle pour épouser Mariane.

# Élise

Fille d'Harpagon, amante de Valère. Elle craint la colère de son père et les reproches de sa famille car elle est devenue la maîtresse de Valère. Apprenant le projet de mariage arrangé par son père, elle menace de se tuer car elle est très éprise de Valère.

# Valère

Fils d'Anselme et amant d'Élise. Il s'est introduit dans la maison d'Harpagon sous une fausse identité afin de pouvoir demeurer près de sa bien-aimée.

# Mariane

Amante de Cléante et aimée d'Harpagon. C'est une jeune fille bonne et très belle. Cléante en est profondément amoureux et songe à l'épouser.

# Anselme

Père de Valère et de Mariane. Veuf, il désire se remarier et accepte d'épouser Élise sans dot. Un personnage très mystérieux.

# Frosine

Femme d'intrigue. Elle est chargée par Harpagon de convaincre Mariane de l'épouser. Elle essaie de soutirer de l'argent à l'avare en échange de ses services, mais en vain.

# Maître Simon

Courtier

### Maître Jacques

Cuisinier et cocher d'Harpagon. Il déteste Valère et exercera envers lui une vengeance. Il rapportera à son maître tout le mal que les gens disent de lui et en récoltera des coups de bâtons.

### La Flèche

Valet de Cléante. Il méprise Harpagon et se moque de lui.

### Dame Claude

Servante d'Harpagon

### Brindavoine

Laquais d'Harpagon

### La Merluche

Laquais d'Harpagon

# IV. AXES DE LECTURE DE L'ŒUVRE

## L'amour contrarié, thème comique récurrent

Molière a souvent recours au thème de l'amour contrarié entre deux jeunes gens, souvent confrontés à une figure autoritaire plus âgée, qui ne conçoit pas pour eux autre chose que des mariages arrangés et, disons-le, « stratégiques ».

*L'Avare* n'échappe pas à cette règle : amour et obstacle sont au cœur du développement de nombreuses intrigues. Élise aime Valère. Cléante aime Mariane. Les amants aimeraient bien s'épouser, mais Harpagon a d'autres projets. Il a trouvé une veuve d'âge mûr pour son fils et pour sa fille, un homme plus tout jeune. Pour Harpagon, un mariage d'amour n'est pas essentiel et il est motivé par l'aspect matériel avant tout. Il veut donner sa fille à Anselme car il n'aura pas besoin de fournir une dot et il désire épouser Mariane car il la sait économe est non avide de plaisirs coûteux. Mais pour les jeunes gens, pas de mariage sans amour. Élise menace de se tuer et Cléante de fuir la maison paternelle plutôt que de se marier par obligation. Ils ont des idéaux élevés et le mariage doit en être un d'amour et non d'intérêt.

Cette thématique permet à Molière, une fois de plus, de souligner le décalage intergénérationnel.

## Une dimension satirique importante

Comme son titre l'indique, Molière a utilisé cette pièce, et tout particulièrement le personnage d'Harpagon, pour dénoncer les travers de l'avarice. Harpagon est différent d'Orgon, par exemple : il a perdu son humanité, la passion pour l'argent et sa cupidité l'ont aliéné, l'ont rendu inhumain et sordide. Il fusionne presque avec l'argent en tant qu'objet : lui voler son argent, c'est pour lui perdre sa vie.

On retrouve l'idée de l'aliénation dans le fait que l'avare devient un être coupé du monde, et que l'argent représente presque un élément physique corporel supplémentaire à son propre corps. De plus, Harpagon soupçonne tout le monde en permanence de vouloir le voler, y compris ses proches.

## La violence particulière de la pièce

L'*Avare* est bien une comédie moliéresque : elle met en scène des intrigues, l'amour contrarié de deux jeunes personnes, l'opposition d'un père... Mais au-delà de la satire de l'avarice, des questions sentimentales et de l'aspect comique de la pièce, Molière a donné à son œuvre un ton tout particulièrement sombre : c'est une pièce dure, sur laquelle plane une menace d'une fin funeste si le conflit des générations venait à dégénérer... Bien sûr, elle reste une comédie ; mais elle est bien plus sombre qu'un *Tartuffe* ou que *L'École des femmes*.

# Le style de Molière dans l'*Avare*

L'Avare est une pièce de théâtre écrite au dix-septième siècle dont le style a un peu vieilli. Beaucoup de tournures de phrases ne s'emploient plus de nos jours, et plusieurs mots n'ont plus exactement la même signification qu'à l'époque de Molière. La pièce est divisée en cinq actes comportant chacun un nombre différent de scènes. C'est une comédie de caractères et de mœurs. Le rôle d'Harpagon y occupe une place de première importance et tous les autres personnages gravitent autour. On a souvent reproché à Molière l'absence d'unité de la pièce.

Le style comique est présent tout au long du récit. Molière écrivait des pièces dans le but de divertir le Roi et celles-ci se devaient d'être drôles et de faire rire. Les personnages sont caricaturaux et les tromperies, les basses flatteries, les mensonges et les dissimulations y abondent. Tout le monde déteste le personnage d'Harpagon et s'en moque. Les uns le flattent dans le but d'obtenir quelque chose de lui et les autres lui mentent afin de ne pas nuire à leurs propres desseins. Toute la pièce est basée sur ce personnage odieux qui lésine sur tout et qui vit dans la hantise de se faire dérober son argent. Une seule chose compte vraiment pour Harpagon : ses biens matériels.

Les dialogues sont vifs et les réparties très spirituelles avec de nombreux effets comiques. La totalité de l'action se passe dans la demeure d'Harpagon. Le caractère des personnages commande l'action. Les intrigues ne manquent pas et la fin est particulièrement surprenante.

# Dans la même collection en numérique

- 13 -

*Les Misérables*
*Le messager d'Athènes*
*Candide*
*L'Etranger*
*Rhinocéros*
*Antigone*
*Le père Goriot*
*La Peste*
*Balzac et la petite tailleuse chinoise*
*Le Roi Arthur*
*L'Avare*
*Pierre et Jean*
*L'Homme qui a séduit le soleil*
*Alcools*
*L'Affaire Caïus*
*La gloire de mon père*
*L'Ordinatueur*
*Le médecin malgré lui*
*La rivière à l'envers - Tomek*
*Le Journal d'Anne Frank*
*Le monde perdu*
*Le royaume de Kensuké*
*Un Sac De Billes*
*Baby-sitter blues*
*Le fantôme de maître Guillemin*
*Trois contes*
*Kamo, l'agence Babel*
*Le Garçon en pyjama rayé*
*Les Contemplations*

*Escadrille 80*

*Inconnu à cette adresse*

*La controverse de Valladolid*

*Les Vilains petits canards*

*Une partie de campagne*

*Cahier d'un retour au pays natal*

*Dora Bruder*

*L'Enfant et la rivière*

*Moderato Cantabile*

*Alice au pays des merveilles*

*Le faucon déniché*

*Une vie*

*Chronique des Indiens Guayaki*

*Je voudrais que quelqu'un m'attende quelque part*

*La nuit de Valognes*

*Œdipe*

*Disparition Programmée*

*Education européenne*

*L'auberge rouge*

*L'Illiade*

*Le voyage de Monsieur Perrichon*

*Lucrèce Borgia*

*Paul et Virginie*

*Ursule Mirouët*

*Discours sur les fondements de l'inégalité*

*L'adversaire*

*La petite Fadette*

*La prochaine fois*

*Le blé en herbe*

*Le Mystère de la Chambre Jaune*

*Les Hauts des Hurlevent*

*Les perses*

*Mondo et autres histoires*

*Vingt mille lieues sous les mers*

*99 francs*

*Arria Marcella*

*Chante Luna*

*Emile, ou de l'éducation*
*Histoires extraordinaires*
*L'homme invisible*
*La bibliothécaire*
*La cicatrice*
*La croix des pauvres*
*La fille du capitaine*
*Le Crime de l'Orient-Express*
*Le Faucon malté*
*Le hussard sur le toit*
*Le Livre dont vous êtes la victime*
*Les cinq écus de Bretagne*
*No pasarán, le jeu*
*Quand j'avais cinq ans je m'ai tué*
*Si tu veux être mon amie*
*Tristan et Iseult*
*Une bouteille dans la mer de Gaza*
*Cent ans de solitude*
*Contes à l'envers*
*Contes et nouvelles en vers*
*Dalva*
*Jean de Florette*
*L'homme qui voulait être heureux*
*L'île mystérieuse*
*La Dame aux camélias*
*La petite sirène*
*La planète des singes*
*La Religieuse*

# À propos de la collection

La série FichesdeLecture.com offre des contenus éducatifs aux étudiants et aux professeurs tels que : des résumés, des analyses littéraires, des questionnaires et des commentaires sur la littérature moderne et classique. Nos documents sont prévus comme des compléments à la lecture des oeuvres originales et aide les étudiants à comprendre la littérature.

Fondé en 2001, notre site FichesdeLectures.com s'est développé très rapidement et propose désormais plus de 2500 documents directement téléchargeables en ligne, devenant ainsi le premier site d'analyses littéraires en ligne de langue française.

FichesdeLecture est partenaire du Ministère de l'Education du Luxembourg depuis 2009.

Plus d'informations sur www.fichesdelecture.com

Notes :